Versteckt im Sc

Michael P

Ihre Verzweiflung hallte ein weiteres Mal den langen, hohen Gang des Heims entlang. Nur eine Frau konnte trotz vollkommener Erschöpfung aus tiefstem Inneren so kräftig und schmerzvoll zugleich schreien. Dabei waren diese Schreie an sich im Heim ›Schwarzwald‹ nichts Ungewöhnliches.

Dafür war das Lebensborn-Heim in Nordrach von der SS eingerichtet worden: um Kinder zur Welt zu bringen. Heime des SS-Lebensborn-Vereins im ganzen Reich, von Österreich bis Norwegen, kümmerten sich darum, dass deutsche Frauen uneheliche Kinder arischen Blutes zur Welt bringen konnten, statt sie heimlich abzutreiben. Oder aber dass Kinder aus dem

Osten, die wenigstens arisch aussahen, ihren Eltern entrissen und umerzogen, »arisiert« wurden. Die Herrenrasse brauchte mehr Nachwuchs! Dafür war jedes Mittel recht. Und manche Mutter war froh, in einem Heim fern der Heimat Hilfe zu bekommen, um möglichst unentdeckt entbinden zu können. So war es auch in diesem Fall.

Doch diese Geburt verlief nicht reibungslos wie sonst bisher alle Geburten in dem Heim. Selbst Gertrud Dörflinger, die Hebamme, die schon unzähligen Kindern auf die Welt geholfen hatte, war überrascht worden. Natürlich hatte sie die komplizierte Steißlage schon vor Wochen festgestellt, war aber überzeugt gewesen, dass sich das Kind mit ihrer Hilfe noch drehen lassen würde. Doch dann hatten bei Irene Hartwig plötzlich die Wehen eingesetzt und die Fruchtblase war geplatzt, viel zu früh, zur falschen Zeit. Sonst wäre Dr. Feger, der

Bereitschaftsarzt aus Zell, an diesem Nachmittag im Oktober 1944 sicher im Heim geblieben. Er war der Einzige, der im Ernstfall das Leben von Mutter und Kind mit einem Kaiserschnitt retten konnte. Seine Diagnose hatte die Einschätzung der erfahrenen Geburtshelferin bestätigt, dass bis zur Geburt noch gut zwei oder drei Wochen Zeit waren. Angesichts der gefährlichen Lage des Fötus kam auch eine sonst angezeigte Zangengeburt nicht infrage. Die Hebamme drückte nach dem Nachlassen der letzten Wehe das Hörrohr auf den Bauch der Frau.

Marie Heumann, die junge Krankenschwester, die Irene Hartwig die letzten Wochen betreut hatte, saß am Kopfende der Liege und tupfte mit einem kühlen, feuchten Tuch den Schweiß von Irenes rot angelaufenem Gesicht ab. Durch den Druck waren sämtliche Äderchen in den Augen geplatzt und ihre Augäpfel blutrot. Marie hob Irenes Oberkörper sanft an und zog das Kissen zurecht. Dann ließ sie sie langsam zurück auf die Liege sinken. Nur mit Mühe konnte die völlig erschöpfte Frau unter den zitternden Lidern die Augen offenhalten. Auch ihr Kreislauf hielt der Anstrengung kaum noch stand.

»Du weißt, was du mir versprochen hast, Marie?«, flüsterte Irene schwach zwischen zwei mörderischen Wehen.

Marie nickte ihr zu und warf dann der Hebamme einen fragenden Blick zu. Gertrud Dörflinger legte das Hörrohr weg und schüttelte unmerklich den Kopf. Dann signalisierte sie Marie, Irene gut festzuhalten. Friedgard Lotz, die Oberschwester, trat hinzu und beugte sich zu Irene herunter. Sie war erst vor wenigen Minuten hinzugekommen und hatte das Geschehen zunächst nur beobachtet. Mit einem leisen, aber klaren »Festhalten!« gab sie jetzt das Kommando. Marie und sie hielten jeweils die Schulter und Hand der Frau auf einer Seite fest. Im gleichen

Moment versuchte die Hebamme, mit einem kräftigen Druck auf den Bauch den Fötus zu drehen. Irenes Körper bäumte sich auf, sie stieß einen entsetzlichen Schrei aus und Marie und die Oberschwester mussten alle Kraft einsetzen, um Irene festhalten zu können. Dann löste sich plötzlich die Spannung und Irene sackte zusammen. Marie sah Oberschwester Lotz ernst an. Sie erkannte Panik in ihrem Blick, denn Irene Hartwig war nicht irgendeine Schwangere.

»Wo verdammt noch mal bleibt dieser Dr. Feger?« Der Ton der Oberschwester ließ keinen Zweifel daran aufkommen, dass sie keine besondere Wertschätzung für den »Dorfgynäkologen« empfand, wie sie den Arzt despektierlich nannte. Für sie war klar, dass ihr mit ihrer über dreißigjährigen Erfahrung kein Arzt etwas vormachen konnte. Jeden Kaiserschnitt würde sie besser machen, wenn man es ihr nur erlauben würde. Aber sie war Oberschwester, keine Ärztin. Ein Makel, der sie ihr Leben lang wohl nicht mehr verwinden würde und deshalb jeden Arzt spüren ließ.

»Ich habe den Hausmeister geschickt, ihn in Zell zu suchen und schleunigst herzubringen«, sagte die Hebamme. Rund einhundertachtzig Mütter hatten bisher ihre Kinder unter ihrer Verantwortung zur Welt gebracht und fast alle kerngesund. Ernsthafte Komplikationen hatte es selten gegeben. Zumal die medizinische Versorgung im Vergleich zu den in den Dörfern oft noch üblichen Hausgeburten deutlich besser war. Bei zu erwartenden Problemen war stets der Arzt anwesend gewesen, doch kriegsbedingt gab es keinen festen Heimarzt mehr, sondern nur noch einen Bereitschaftsarzt, der das Heim zusätzlich zu seiner eigenen Praxis betreute. Die medizinische Versorgung war daher nicht mehr so, wie Friedgard Lotz das für die Erfüllung ihrer Pflicht eigentlich erwartete. Die regelmäßigen

Beschwerden des Heimverwalters über diesen Zustand in der Zentrale des Lebensborns in München waren allesamt ohne Erfolg geblieben. Der Krieg, mittlerweile im sechsten Jahr, hatte überall im Reich längst zu einer dramatischen medizinischen Unterversorgung geführt. Eine weitere Not der Menschen neben Hunger, Kälte, Armut und einem Leben in ständiger Angst. Sie mussten froh sein, dass sie überhaupt einen Arzt im Heim hatten.

In aller Eile war der Hausmeister des Heims, Ludwig Nickel, wenige Minuten zuvor mit seinem Lieferwagen die Einfahrt hinuntergerast. Zum Glück lag trotz der Kälte der Oktobernächte kaum Schnee auf der Straße. Der zu erwartende Winter, hart und schneereich, kündigte sich gerade erst an. In weitläufigen Kurven schlängelte sich die schmale Straße rund acht Kilometer das Tal entlang bis nach Zell. Dort traf es mit dem Harmersbachtal zusammen und mündete bei

Biberach in das breite Kinzigtal. In Zell hatte Dr. Feger seine eigene Praxis und wohnte in einer kleinen Wohnung direkt darüber. »Nickelchen«, wie die Lernschwestern und jungen Vorschülerinnen den Hausmeister liebevoll nannten, schickte ein Stoßgebet zum Himmel, dass er Dr. Feger zu Hause oder in der Praxis antreffen würde. Er würde ihn ins Heim fahren und das schnell, sehr schnell!

Irene Hartwig war erst vier Wochen zuvor unter äußerst ungewöhnlichen Umständen in dem Heim in Nordrach angekommen. Nickel hatte an diesem Tag damals ein Fräulein Biermann aus Hannover am Bahnhof in Biberach abholen sollen, die das uneheliche Kind eines Gauleiters in sich trug. Doch diese war nicht im angekündigten Zug gewesen. Das Reisen mit der Eisenbahn war schon lange nicht mehr so zuverlässig, wie es noch vor dem Krieg gewesen war. Stattdessen hatte der

Schaffner einen Notfall und einer anderen schwangere Frau aus dem Zug geholfen, die sich offenbar unter Schmerzen im Bauch krümmte. Der Hausmeister war dem Schaffner zu Hilfe geeilt und hatte die Frau gestützt. Diese hatte sich zwischen zwei Wehen als Irene Hartwig aus Berlin vorgestellt, während noch ein kleines Mädchen in einem geblümten blauen Kleid mit einem braunen Koffer in der Hand aus dem Zug kletterte. Kaum hatte Nickel das Kind entdeckt, dass die Hand der stöhnenden Frau ergriff, ertönte bereits ein lauter Pfiff, der Bahnbeamte sprang in den Zug und dieser setzte sich in Bewegung.

»Tut mir leid! Wir haben Verspätung! Kümmern Sie sich um die Frau!«, hatte er Nickel noch zugerufen, bevor der Zug den Bahnhof verlassen hatte. Nachdem außer ihnen nur noch drei ältere Männer und eine Bäuerin mit einer Gemüsekiste in Händen auf dem kleinen Bahnsteig zurückblieben, hatte Nickel den Entschluss gefasst, die Frau mit dem Kind schnellstens ins Heim zu fahren. Wo, wenn nicht da, konnte ihr geholfen werden. Zumal der Heimarzt Dr. Feger zu dem Zeitpunkt im Heim war und nicht in seiner Praxis in Zell.

»Dort vorne ist das Lebensborn-Heim«, hatte Nickel während der Fahrt gesagt und geradeaus durch die Windschutzscheibe gezeigt. Frau Hartwigs Schmerzen waren in dem Moment offenbar gerade erträglicher und sie für eine Ablenkung dankbar. Alma hatte sich auf der Rücksitzbank ducken müssen, um etwas sehen zu können. Herrschaftlich erhob sich das dreigeschossige Gebäude wie ein kleines Schloss über den Ort. Ein mit vielen Gauben versehenes, hohes Dach zierte das beeindruckende, im Stil des Historismus errichtete Haus. Alma rutschte vor Aufregung auf der Bank hin und her, als sie das

»Märchenschloss« erblickte. Im Zug hatte sie lange geschlafen, doch jetzt war sie hellwach. Schon der Schreck im Zug, als Irene Hartwig nach dem Umsteigen in Offenburg plötzlich so starke Schmerzen bekommen hatte, hatte sie in Aufregung versetzt. Rot leuchtete der Buntsandstein des Erdgeschosses, der kleinen Pilaster und der Fenstereinfassungen des Hauses in der nachmittäglichen Sonne. Bei den Wandfassaden der oberen Stockwerke hatte sich der Bauherr Anfang des Jahrhunderts für gelben Greppiner Ziegel entschieden, der in dieser Region eher ungewöhnlich war. Irene Hartwig erkannte diese Steine aus Hunderten, denn sie waren auch an der Fassade des Anhalter Bahnhofs in Berlin verbaut und hatten ihr dort immer schon gut gefallen. Manchmal blitzte in ihr noch ein Funke ihrer Begeisterung für Architektur auf. Wenn sie sich nicht anders hätte entscheiden müssen, hätte sie zweifelsfrei Architektur studiert.

Aber letztlich hatte sie ihre Entscheidung für einen anderen Weg nie bereut.

Der Eingang des Hauses war integriert in den Treppenhausturm mit einem hohen und breiten Dach. Über den hohen Fenstern des Treppenhauses hatte das oberste Dachgeschoss des Turms einen kleinen Balkon. Der erhabene Standort des großen Hauses oberhalb der Kirche und des Friedhofs auf der anderen Seite der Dorfstraße und sein rau-romantisches Erscheinungsbild dominierten den Anblick des Ortes.

Nickel spürte, dass etwas Ablenkung der Frau half und erzählte mehr zu dem Haus. Das ›Juden-Sanatorium‹ oder das ›Rothschild‹ nannten es die Nordracher, obwohl die SS das Gebäude schon seit November 1942 als ›Lebensborn-Heim Schwarzwald‹ nutzte. Das Haus war bis zum »Einzug« durch die Nationalsozialisten, wie der Fahrer sich ausdrückte, das jüdisch-orthodoxe

Rothschild-Lungensanatorium gewesen. Ununterbrochen hatte er die ganze Fahrt geredet, ihnen erzählt, dass er oft Leute am Bahnhof abhole und dass man doch nur nach Nordrach käme, wenn man dort lebte oder arbeitete. Ansonsten wäre man Patient oder Kurgast in einer der über die Landesgrenzen hinaus bekannten Tuberkulose- und Lungenheilanstalten. Seit Beginn des Jahrhunderts boten die Kliniken vielen Leuten Arbeit. Die Patienten und Kurgäste, so hatte er berichtet, kämen meist mit der Schwarzwaldbahn, die in Offenburg die Fahrgäste von der badischen Hauptbahnstrecke übernahm und in Biberach wieder absetzte. Meist nähme er seine Fahrgäste und deren Gepäck dann dort in Empfang. Er hatte über die Schulter zu dem kleinen Mädchen geschaut, während er von der Schwarzwaldbahn geschwärmt hatte, wohl in der Annahme, dass es das Kind besonders interessieren würde.

»Die Bahn fährt von hier über Hornberg und Triberg in siebenunddreißig Tunneln den Schwarzwald hinauf!«

Doch längst hatte Irene Hartwig wieder aufgehört, seinem Vortrag zu folgen und mit schmerzverzerrtem Gesicht aus dem Fenster gesehen. Durch die etwas versteckte Lage war das Tal von Krieg und Fliegerangriffen bisher offensichtlich verschont geblieben.

»Nur ab und zu fliegt eine feindliche Bomberformationen in größerer Höhe über das Tal hinweg«, erklärte der Chauffeur, als sie von der Straße abbogen. »Die fliegen andere Ziele an, interessantere, Offenburg, Straßburg und so.«

»Na Gott sei Dank«, bemerkte Irene Hartwig, als ein nächster schwerer Krampf sie aufstöhnen und das Bewusstsein fast verlieren ließ.

Vorsichtig steuerte Nickel den Wagen die Auffahrt hinauf, hier vor dem Eingang, riss die Tür auf und rannte nach Hilfe rufend ins Haus.

Zwei Stunden nach der Ankunft und der medizinischen Erstversorgung der unbekannten Schwangeren war Marie zu Steiner bestellt worden. Wie immer, wenn sie das Büro des SS-Oberscharführers betreten musste, hatte sie einen Kloß im Hals gehabt. Es bedeutete selten etwas Gutes für jemanden des Pflegepersonals, wenn man zum Verwalter gerufen wurde. Mit zweiunddreißig Jahren war Steiner für einen Heimleiter noch erstaunlich jung. Umso strenger führte er jedoch »sein Regiment«, wie er sich ausdrückte, wenn er vom Heim sprach. Nordrach sollte für ihn das Karrieresprungbrett in der SS sein. Heinrich Himmler würde irgendwann von dem von ihm geführten Vorzeigeheim erfahren, davon war er überzeugt. Die Schwestern vermuteten, dass in höheren SS-Etagen jemand saß, der Steiner protegierte, was sie generell dazu veranlasste, möglichst einen großen Bogen um diesen Mann in seiner schwarzen Uniform zu machen.

Zu Maries Überraschung erwartete sie im Büro Steiners auch Oberschwester Lotz mit ernstem Gesicht. Ein Gespräch alleine mit Wilhelm Steiner war an sich schon immer unangenehm. Doch wenn auch noch die Oberschwester dabeisaß, musste sie schon einen großen Fehler begangen oder gegen die strenge disziplinarische Ordnung verstoßen haben. In diesem Fall erwartete sie sicher eine heftige Standpauke oder eine ausführliche Belehrung und am Ende hatte man sich für die ausgesprochene Strafe zu bedanken. Marie ging in Windeseile die letzten zwei, drei Tage durch, die Geburten, die anderen ihr übertragenen Aufgaben. Beschwerden und besondere Vorkommnisse hatte es aber eigentlich nicht gegeben. Alles war ganz normal und unauffällig gewesen. Vielleicht die zickige Mutter aus Zimmer 212 mit ihrem rheinischen Dialekt?

Sie hatte sich beschwert, weil ihr der Hagebuttentee nicht geschmeckt hatte, er erst zu heiß und dann zu kalt gewesen sei. Typische Stimmungsschwankungen der werdenden Mütter, mit denen sie in der Regel gelassen und freundlich umgehen konnte. Aber das war auch schon alles, was ihr einfiel. So holte sie einmal tief Luft und versuchte, sich damit ein wenig zu beruhigen. Sie war sich nun sicher, dass es einen anderen Anlass für das Gespräch geben musste. Obwohl man sich als Schwester natürlich nie sicher sein konnte. Vielleicht hatte sich ein Kindsvater beschwert? Über die Väter erfuhren die Schwestern in der Regel nichts. Es konnte ein hochrangiger Offizier der SS sein, ein einflussreicher Amtmann, ein Universitäts-professor oder ein Fabrikdirektor. Einmal war der uneheliche Vater sogar ein Olympiasieger von 1936 gewesen. Meist kannte sie im Heim aber nur die Mütter. Mit einem unguten Gefühl im Magen ging sie auf den Schreibtisch zu.

»Bitte nehmen Sie Platz, Schwester Marie!«, sagte die Oberschwester und deutete auf den Stuhl neben sich. Marie setzte sich, während Steiner noch in Papieren blätterte, die vor ihm auf dem großen Schreibtisch lagen.

»Schwester Marie«, begann er mit ernstem Ton. »Wie Sie ja wissen, hatten wir heute einen unerwarteten Neuzugang.«

»Ja, das Fräulein Bierbaum, oder?« Marie sah ihn fragend an.

»Nein, die Dame ist beim Umsteigen vor Frankfurt nicht weitergekommen. Wir erwarten sie morgen oder übermorgen hier.« Er machte eine kurze Pause. »Es handelt sich um eine Dame aus Berlin. Herr Nickel hat sie vom Bahnhof mitgebracht. Sie haben sie ja bei der Ankunft schon gesehen. Sie hatte Vorwehen, ist aber jetzt wieder zur Ruhe gekommen und schläft. Ihr

Name ist Irene Hartwig. Wohin sie ursprünglich reisen wollte, wissen wir noch nicht. Sie wird auf jeden Fall bis zu ihrer Geburt nun hierbleiben müssen. Eine weitere Reise ist für sie viel zu gefährlich. Und wir wollen ja nicht, dass sie ihr Kind noch verliert!«

Marie nickte. Dann fuhr Steiner fort.

»Es bedarf in diesem Fall einer, sagen wir, besonderen persönlichen Betreuung. Oberschwester Lotz und ich glauben, dass Sie die Richtige dafür sind.« Er machte eine kurze Pause und sah Marie streng an. Dann fuhr er fort. »Es gibt eine Besonderheit, denn diese Dame, Frau Hartwig ...«

»Fräulein!«, korrigierte ihn die Oberschwester.

»Natürlich!« Er räusperte sich. »Fräulein Hartwig hat ein kleines Mädchen mitgebracht, um das Sie sich bitte ebenso kümmern werden. Ein Kind in dem Alter bringt nur Unruhe. Zumal wir noch nicht genau wissen, wen uns da Nickel ins

Haus gebracht hat. Ich will hier Ordnung im Haus haben! Fräulein Hartwig bekommt mit dem Mädchen das Zimmer 307. Wenn die Frau mit ihrem Kind das Zimmer verlässt, sind Sie bitte immer dabei. Das gilt für den Speisesaal oder wenn sie im Park spazieren gehen. Das Gelände wird die Frau mit dem Kind in der Zeit ihres Aufenthaltes nicht verlassen.« Steiner senkte das Kinn und sah Marie ernst an. »Haben Sie das verstanden?«

Marie nickte, überrascht von der ungewöhnlichen Aufgabe. Sie wusste nur zu gut, dass Steiner alles hasste, was den normalen Ablauf stören konnte. ...

Versteckt im Schwarzwald

Michael Paul

Verlag BUNTE HUNDE

Weitere historische Romane des Autors

Königsberg 1933 – Wilhelm Kirchner, der Inhaber der größten Buchhandlung Europas, wird von der geplanten Bücherverbrennung der Nazis herausgefordert. Gemeinsam mit seiner Nichte Emma und den beiden Mitarbeitern Konrad und Otto versucht er, so viele indizierte Bücher wie möglich zu retten. Aber auch ein geheimer literarischer Schatz soll vor dem Zugriff der Häscher versteckt werden. Doch schon bald sind die Buchhandlung, er selbst und seine Kollegen in größter Gefahr. Es beginnt ein Kampf auf Leben und Tod.

Königsberg 1945 – Die legendäre Hauptstadt Ostpreußens ist Ausgangspunkt einer Odyssee über das mystische Gotland bis nach Småland. Feldwebel Martin Greven, seine junge Liebe Greta Sandberg und die 10-jährige Lena ahnen nicht, dass sie wegen des Schlüssels zu einem der mysteriösesten Schätze der Welt von einem Geheimbund gejagt werden. Währenddessen werden Martins Kameraden in Schweden interniert - mit dem Versprechen, sie nach Deutschland zu entlassen. Sie wissen nicht, dass die Regierung in Stockholm längst andere Pläne hat. Was folgt, ist absolut unfassbar.

Schwarzwald im Winte[illegible]
nicht, dass sie in Leben[illegible]
born-Heim der SS in No[illegible]
vertraut wird. Zur gleich[illegible]
chem Hof geflohene Zw[illegible]
Reichsführer SS Heinrich [illegible]
Sonderzug in Triberg vers[illegible]
zu einem teuflischen Pla[illegible] und Pawels Wege sich auf dramatische Weise kreuzen, hängt ihr beider Leben an einem seidenen Faden.

Nach »Wimmerholz« und »Das Haus der Bücher« spielt Michael Pauls neuer spannender Roman diesmal im Schwarzwald. Wieder basiert der Roman auf wahren, oft nicht bekannten Begebenheiten.

»Mit jedem seiner historisch unterfütterten Romane meistert Paul versiert den Spagat zwischen spannender Unterhaltung und anspruchsvoller Wissensvermittlung.
In lebendiger Sprache versteht er, die Ergebnisse aufwendiger Recherchen in spannungsgeladene und dramatische Geschichten zu verpacken.«

- Lahrer Zeitung -

bunte-hunde.de 20,00 €
ISBN 978-3-947081-08-0
9 783947 081080 >